Omas

Nota para los padres y encargados:

Los libros de *Read-it!* Readers son para niños que se inician en el maravilloso camino de la lectura. Estos hermosos libros fomentan la adquisición de destrezas de lectura y el amor a los libros.

 El NIVEL MORADO presenta temas y objetos básicos con palabras de alta frecuencia y patrones de lenguaje sencillos.

 El NIVEL ROJO presenta temas conocidos con palabras comunes y oraciones de patrones repetitivos.

 El NIVEL AZUL presenta nuevas ideas con un vocabulario más amplio y una estructura gramatical más variada.

 El NIVEL AMARILLO presenta ideas más elevadas, un vocabulario extenso y una amplia variedad en la estructura de las oraciones.

 El NIVEL VERDE presenta ideas más complejas, un vocabulario más variado y estructuras del lenguaje más extensas.

 El NIVEL ANARANJADO presenta una amplia de ideas y conceptos con vocabulario más elevado y estructuras gramaticales complejas.

Al leerle un libro a su pequeño, hágalo con calma y pause a menudo para hablar acerca de las ilustraciones. Pídale que pase las páginas y que señale los dibujos y las palabras conocidas. No olvide volverle a leer los cuentos o las partes de los cuentos que más le gusten.

No hay una forma correcta o incorrecta de compartir un libro con los niños. Saque el tiempo para leer con su niña o niño y transmítale así el legado de la lectura.

Adria F. Klein, Ph.D.
Profesora emérita, California State University
San Bernardino, California

Editor: Christianne Jones
Page Production: Melissa Kes/JoAnne Nelson
Art Director: Keith Griffin
Managing Editor: Catherine Neitge
Editorial Consultant: Mary Lindeen
The illustrations in this book were done in watercolor.
Translation and page production: Spanish Educational Publishing, Ltd.
Spanish project management: Jennifer Gillis/Haw River Editorial

First Spanish language edition published in 2007
First American edition published in 2005
Picture Window Books
151 Good Counsel Drive
P.O. Box 669
Mankato, MN 56002-0669
877-845-8392
www.picturewindowbooks.com
Text copyright © 2005 by Jacklyn Williams
Illustration copyright © 2005 by Doug Cushman

Printed in the United States of America in Stevens Point, Wisconsin.
102009   005625R

Todos los libros de Picture Windows
se elaboran con papel que contiene por
lo menos 10% de residuo post-consumidor.

Library of Congress Cataloging-in-Publication Data
Williams, Jacklyn.
[Happy Halloween, Gus! Spanish]
¡Feliz Halloween, Gus! / por Jacklyn Williams ; ilustrado por Doug Cushman ; traducción,
Patricia Abello.
p. cm. — (Read-it! readers en español)
Summary: In preparation for the Halloween parade, Gus must do two things—create the
best costume and learn to march.
ISBN-13: 978-1-4048-2694-6 (hardcover)
ISBN-13: 978-1-4048-3018-9 (paperback)
[1. Halloween—Fiction. 2. Costume—Fiction. 3. Contests—Fiction. 4. Hedgehogs—
Fiction. 5. Spanish language materials.] I. Cushman, Doug, ill.. II. Abello, Patricia.
III. Title. IV. Series.

PZ73.W5664 2006
[E]—dc22   2006008347

¡Feliz Halloween, Gus!

por Jacklyn Williams
ilustrado por Doug Cushman

Traducción: Patricia Abello

Con agradecimientos especiales a nuestras asesoras:

Adria F. Klein, Ph.D.
Profesora emérita, California State University
San Bernardino, California

Susan Kesselring, M.A.
Alfabetizadora
Rosemount-Apple Valley-Eagan (Minnesota) School District

Picture Window Books
Minneapolis, Minnesota

Gus y Beto estaban en la sala viendo las
caricaturas por televisión. Ya casi era
Halloween y hablaban del desfile de disfraces.

—¡Uf! —exclamó Gus—. ¡Billy gana todos los años! Este año yo ganaré el primer premio.

Gus y Beto subieron corriendo al ático.
Abrieron un baúl de par en par. Olía a polvo
y cosas viejas. Beto se puso a escarbar el baúl.

—¡Mira esto! —exclamó, sacando un abrigo
de piel—. ¡Disfrázate de monstruo peludo!

—¡Buena idea! —dijo Gus—. Salgamos
y me lo pruebo.

Mientras Gus se medía el disfraz, la cabeza
de Billy apareció por encima de la cerca.

—Qué buen disfraz —dijo con voz burlona—.
Tu máscara es muy miedosa. ¡Uy, perdón!
No tienes máscara —dijo riéndose.

—No le pongas atención —dijo Beto—.
Tienes cosas más importantes en qué pensar,
como el desfile y los premios.

El mayor problema que Gus tenía era desfilar.
Por más que se esforzaba, no podía marchar.

—¿Cómo desfilaré si mis pies no quieren
marchar? —dijo suspirando.

—Tienes que llevar el ritmo —dijo Beto
y le entregó un trozo de chicle.
—Marcha mientras mascas el chicle.
Marcha, marcha, marcha.
Masca, masca, masca.

Beto marchó en círculos.

Gus practicó alrededor del patio. Izquierda:
mascar, mascar. Derecha: mascar, mascar.

—¡Estoy marchando! —exclamó Gus—.
¡Estoy marchando! También me pica todo.
Este disfraz me está volviendo loco.

Gus siguió marchando alrededor del patio.

Cada pocos pasos se detenía para rascarse.

Marchar, rascarse, marchar, rascarse.

—Deja de rascarte y sigue marchando
—ordenó Beto.

En ese momento, su pie derecho se enredó con el izquierdo. ¡CRASH! Gus cayó de cabeza en la arenera. Cuando salió, era una bola peluda, pegajosa y llena de arena.

—¿Qué voy a hacer? —gritó Gus—.
¡No me puedo poner esto!

—No te preocupes —se rió Billy, dándole
una palmadita en la espalda—. En lugar
de monstruo, serás GARRAS DE ARENA.

—No lo escuches —dijo Beto—.
Todo saldrá bien. Se nos ocurrirá algo.

Por fin llegó el día del desfile. El Sr. Can, director de la escuela, tenía su sombrero de juez.

—Hagan una sola fila —dijo—. El desfile va a comenzar.

Los niños formaron fila. Había payasos,
reyes, fantasmas y duendes. Hasta había
un gran pájaro azul y un pequeño
dinosaurio verde.

La fila se extendió alrededor del auditorio y salió por la puerta. A la cabeza estaba Billy, vestido como el Capitán Super G. Al final estaba Gus envuelto en papel higiénico.

18

—No puedo respirar —se quejó—.
Me dejaste muy apretado.

—No pienses en respirar —dijo Beto—.
¡Comienza a marchar y no olvides mascar!

—¡Que empiece el desfile!
—exclamó el Sr. Can.

Los niños comenzaron a marchar al son
de la música. Entraban por la puerta
y le daban la vuelta al auditorio.

Cuanto más marchaba, más nervioso se sentía Gus. Cuanto más nervioso se ponía, más mascaba.

Entonces Gus comenzó a hacer un globo de chicle. Al comienzo era tan grande como su cara. Al poco rato era más grande que su cabeza. El globo siguió creciendo hasta volverse más grande que él.

Cuando Gus entró por la puerta, una ráfaga de viento lo hizo rebotar por el piso.

—¡Paren ese globo! —gritó el Sr. Can cuando Gus pasó rebotando a su lado.

—¡Se va a reventar! —gritó Beto.

Pero el globo no se reventó. Siguió rebotando por el salón y arrastrando a Gus. Era tan pegajoso, que atrapaba todo lo que se atravesaba en su camino.

Primero, atrapó a una princesa.

Después, atrapó a un duende.

Luego atrapó a una araña.

Seguía rebotando y atrapando a payasos,
reyes, ratones, sirenas, bomberos y hadas.
En su cuarta ronda por el salón, atrapó al
pájaro azul y al pequeño dinosaurio verde.

Beto comenzó a reírse. —¡Mi casco! —gritó, cuando el gran globo aterrizó en su casco.

El globo rebotó por última vez y luego saltó hacia arriba y cayó al piso. ¡POP!

—¡Qué asco! —gritó Billy—. ¡Me van a cubrir de chicle!

Se salió de la fila y corrió hacia la puerta.

Después de que limpiaron todo, el Sr. Can
anunció al ganador del desfile de Halloween.

—No hay dudas —anunció el Sr. Can—.
El primer premio este año se lo lleva Gus.

—Yo sabía que el globo no me iba a cubrir
—Billy insistió—. Sólo me hice el asustado.

Gus sonrió al recibir su premio: ¡un trofeo
y más chicle!

Más *Read-it!* Readers

Con ilustraciones vívidas y cuentos divertidos da gusto practicar la lectura. Busca más libros a tu nivel.

¡Feliz cumpleaños, Gus!
¡Feliz día de Gracias, Gus!
¡Feliz día de la Amistad, Gus!
¡Feliz Navidad, Gus!

En la red

FactHound ofrece un medio divertido y confiable de busca portales de la red relacionados con este libro. Nuestros expert investigan todos los portales que listamos en FactHound.

1. Visite *www.facthound.com*
2. Escriba este código:
   1404809600
3. Oprima el botón FETCH IT.

¡FactHound, su buscador de confianza, le dará una lista de los mejores portales!
www.picturewindowbooks.com